LE VISIONNAIRE,

OU

LETTRES

SUR LES OUVRAGES EXPOSÉS AU SALLON;

Par un Ami des Arts.

A AMSTERDAM.

M, DCC, LXXIX.

LE VISIONNAIRE,

OU

LETTRES

Sur les Ouvrages exposés au Sallon.

PREMIERE LETTRE.

Ovi, mon Ami, vous me trai-
terez de visionnaire si vous voulez, je vous soutiendrai toujours
que je les ai vus, ce que l'on appelle vu; j'ai vu le Dieu du Goût
& sa sœur la Critique : je leur ai

parlé ; & ce que j'ai à vous écrire, n'eſt que le réſultat des conféren-ces de ces deux Divinités.

J'étois allé dans l'intention de faire un tour de promenade au jardin de l'Infante ; j'apperçus plu-ſieurs hommes qui portoient des Tableaux ; j'eus la curioſité de les ſuivre : je montai un grand eſca-lier , je vis qu'on préparoit une expoſition de Tableaux : un grand nombre étoient déja placés ; il y avoit pluſieurs perſonnes , quel-ques vieillards aſſis qui me paroiſ-foient porter des jugemens ſur ces ouvrages. J'aurois deſiré m'appro-cher aſſez pour les entendre , mais je n'oſai pas , parce que je crus m'appercevoir qu'ils ſe taiſoient lorſqu'on paroiſſoit les écouter.

Je remarquai particulièrement deux perſonnes qui ſe donnoient beaucoup de mouvement : l'un d'eux étoit chargé de préfider à l'arrangement de tous ces Ouvrages. Je crus appercevoir que celui qui avoit le moins d'affaires, paroiffoit le plus affairé ; & je compris, à leurs propos, que les Artiftes dont les Ouvrages paroiffoient pour la première ou la feconde fois, que le Public pouvoit defirer le plus de connoître, & qui avoient le plus befoin d'en être connus, feroient, pour la plupart, les moins bien vus.

Cette multitude de Tableaux, en me faifant en général le plus grand plaifir, ne laiffoit néanmoins dans mon efprit qu'une confufion d'idées ; je regrettois de n'être pas affez connoiffeur pour en fentir les beautés, ni affez éclairé pour en voir les défauts. Tout-à-coup je vis auprès de moi un parfaitement beau jeune homme , vêtu, avec la plus grande élégance , d'étoffes légères , qui ne formoient ni un habit françois , ni celui d'aucune nation connue : il avoit une couronne de rofes, & tenoit un flambeau , dont la lumière , plus éclatante que celle du jour , me fit appercevoir les Tableaux beaucoup plus nettement. Auprès de lui étoit une belle femme , dont les regards étoient perçans , & dans leur fineffe avoient quelque chofe de malin.

Ce jeune homme me dit : Je fuis le Dieu du Goût , & tu vois ma Sœur la Critique ; ta bonne foi , ton impartialité , & fur-tout l'aveu que tu te fais à toi-même de ton défaut de connoiffance , nous ont paru mériter que nous t'éclairaffions. Nous étions auprès de ces vieillards, que nous infpirions fans qu'ils le fuffent, afin que leurs fages confeils puffent être utiles à ceux qui voudront les écouter; nous ne nous rendons vifibles que pour toi.

Je voulus me profterner à leurs pieds, ils ne le permirent pas; je ne pouvois m'empêcher de tourner mes regards plus fréquemment vers la Critique, & de defirer de l'entendre parler, tant notre penchant naturel nous y porte fortement. Déeffe, ofai-je lui dire, je ne fuis pas furpris qu'ici vous vous cachiez à tous les yeux : vous y êtes très-redoutée. Moins que vous ne le penfez, me dit-elle; je m'y fais même quelquefois connoître à plufieurs Artiftes, qui, bien loin de me craindre,

cherchent à profiter de mes con-
feils : mais une Déeffe malfai-
fante , qu'on nomme la Satyre , a
fouvent paru dans ce lieu, en fe
revêtant de toute mon apparence
extérieure ; c'eft elle qui les fait
tous trembler , & avec raifon ,
parce qu'elle eft cruelle & prefque
toujours injufte. C'eft affez : trouvez - vous ici le troifième jour
après que ce Sallon aura été ou-
vert au Public , & nous vous gui-
derons, mon frère & moi.

. Vous penfez bien , mon cher
ami , que je n'ai pas manqué au
rendez-vous. En effet , au jour dé-
figné , je trouvai dans la cour ces
deux Divinités, dont les bontés
devoient m'être fi fecourables. En-
vironnées d'un nuage , mais qui
n'étoit point un obftacle pour moi,
elles étoient arrêtées au pied de

la Statue d'un Evêque *. Elles paroiſſoient très-ſatisfaites. Voyez,
diſoit le Dieu du Goût, quelle
nobleſſe dans cette attitude ; comme cela eſt bien drapé ; comme
tout eſt précieux, & exécuté avec
ſoin ! Ce Sculpteur eſt un de mes
favoris. Il eſt bien mon ami auſſi,
répondit la Critique ; je me joins,
de tout mon cœur, aux éloges
que vous en faites. Examinons la
tête. Elle eſt belle & bien mode-
lée, dit le Dieu du Goût : vous
ſavez qu'on n'a pas pu faire ces
têtes d'après nature, & qu'il n'y
a qu'elle qui puiſſe inſpirer toutes
les vérités que peut-être vous y
chercheriez : c'eſt une belle, &
très-belle Figure.

---

* M. Boſſuet, par M. Pajou, n°.
201.

Nous paſſâmes à celle d'un Chancelier *. Je n'aurois pas oſé eſpérer une auſſi belle Figure, dit la Critique, elle eſt bien compoſée, bien drapée, & d'un beau travail ; l'exécution ne laiſſe rien à deſirer. Si j'avois quelque choſe à y demander, ce feroit que le travail de la tête fût un peu moins rond ; mais, en effet, on n'a pas eu les ſecours néceſſaires à cet égard.

Avant de quitter la cour, nous la traverſâmes pour aller voir les deux autres Figures qui y étoient expoſées, & nous nous arrêtâmes à celle de Pierre Corneille **. Le Dieu du Goût ne s'arrêtoit qu'à

---

* Le Chancelier d'Agueſſeau, par M. Berruer, n°. 215.

** P. Corneille, par M. Caffieri, n°. 202.

regarder la tête , qu'il trouvoit
fort belle , tandis que la Critique
examinoit la Figure en entier. Le
Goût dit alors : Vous favez que je
ne fuis pas l'inventeur des habits
ridicules dont les François & leurs
voifins fe croient parés ; tout ce
que je puis faire , quoiqu'avec
peine , c'eft d'aider un peu les Artiftes forcés à fuivre ce défagréa-
ble coftume. Je m'apperçois , dit
la Critique , que vous avez été
confulté : cependant , penfez-vous
qu'il n'eût pas été poffible d'y
donner un peu de légéreté ? Les
épaiffeurs des bords de l'étoffe ne
pourroient-elles pas être un peu
allégées ? Je ne parle pas de ce
que la figure eft un peu pefante ,
on a pu y être forcé par la connoiffance qu'on a encore de la
taille dont étoit Corneille ; mais

j'aurois volontiers pardonné qu'on ne fe fût pas tant affujetti à cette tradition. Au refte, je demeure d'accord avec vous que cette Figure eft auffi belle qu'il femble poffible de la faire, dans un genre d'ajuftement fi ingrat à imiter.

A côté, étoit la Figure de M. de Montefquieu*. Le Goût s'arrêta à regarder le bas de la Figure, dont il fembloit très-fatisfait. Ces jambes, difoit-il, font bien deffinées, la draperie eft bien jetée; cela eft modelé avec beaucoup de goût & de netteté. Cependant la Critique examinoit le haut de la Figure, & n'en paroiffoit pas auffi contente. Ma fœur, lui dit le Goût, cet Artifte a du mérite, il

---

* M. de Montefquieu, par M. Clodion, n°. 238.

ne faut pas le décourager par votre févérité. Ce n'eft pas non plus mon but, répondit la Critique ; mais il faut obferver que cet Ouvrage n'eft qu'en plâtre, qu'il eft temps encore de faire des obfervations utiles ; ainfi, c'eft le cas de ne rien celer.

Je trouve la tête trop petite, ou, pour mieux m'exprimer, trop étroite des tempes & du haut des joues ; de côté, elle n'a point affez de derrière de tête, & dans cette même vue, le cou eft trop étroit ; cela vient, je le fais, de ce qu'on n'a point eu d'autre original pour faire cette tête, qu'une médaille très-médiocre de *Dacier*, qui a ce défaut, & bien d'autres encore ; mais il faut le corriger. Je defirerois auffi plus de coëffure, afin de donner à cette tête un volume con-

venable au reste de la figure. Peut-
être pourrois-je trouver l'attitude
du haut de ce corps un peu forcée : je m'en abstiens cependant,
parce qu'enfin elle est possible ;
mais je ne dissimulerai pas que les
épaules me paroissent étroites ;
que dans quelques vues le cou
paroît long ; qu'il manque de l'é-
paisseur au dos, dont les muscles
ne sont point assez soutenus ;
qu'enfin, ce pli qui traverse tout
le corps, à la hauteur du nombril,
est trop continu & trop parallèle
avec celui qui se forme sous l'ais-
selle : ces légères fautes sont fa-
ciles à rectifier ; & je crois qu'il
est essentiel, pour l'Artiste même,
d'en être averti.

Nous montâmes ensuite au Sallon ; nous jetâmes un premier
coup d'œil sur les Tableaux qui

se présentèrent en face de nous : mais le Dieu du Goût se sentit entraîné par l'éclat d'un Tableau qui se trouvoit à notre gauche ; il représente le Président Molé, saisi par les factieux au temps des guerres de la Fronde *. Le Goût ne put s'empêcher de s'écrier : Voilà un bien beau Tableau ! que la composition en est ingénieuse, remplie de feu & d'action ! quelle fierté de coloris ! quelle beauté d'exécution ! Je ne puis refuser les plus grands éloges à cette noble hardiesse avec laquelle le Peintre a osé rendre tout l'éclat des couleurs propres à chaque objet : voyez le rouge brillant de la robe du Président, & cependant il ne paroît point trop avancer. On ne peut discon-

* Par M. Vincent, n°. 155.

venir que l'accord général de ce
Tableau eſt bien fier & bien harmo-
nieux. Puis ſe tournant vers moi:
Je ſuis fâché, me dit-il, qu'il ſoit
ſi élevé, & que vous ne puiſſiez
pas voir les beaux détails dont il
eſt rempli ; je les connois, j'étois
à côté de lui lorſqu'il les peignoit.

Mais mon frère, dit la Critique,
ne trouvez-vous pas ce coloris en
général un peu ardent ? Point de
chicane, ma ſœur, répondit-il :
lorſqu'on trouve autant de mérite
dans un Ouvrage, on doit être
ſatisfait ; auriez-vous eſpéré un
auſſi excellent morceau d'un Artiſte ſi jeune ?

Je l'avois prévu, dit-elle : malgré quelques détails traités d'une
manière un peu sèche, & un fini
peut-être un peu minutieux dans
ce qu'il avoit juſqu'à préſent mon-

tré, j'ai très-bien fenti que c'étoit un Peintre, & de plus un Colorifte; mais nous aurons encore à parler de lui à l'occafion d'un autre Tableau, & peut-être me laifferez-vous un peu plus la liberté d'en raifonner.

Le fujet du Tableau fuivant eft la juftification de Sufanne *. Voilà qui eft compofé d'une manière pittorefque, dit le Goût. Oui, dit la Critique; mais goûtez-vous bien l'excès de culbutis de tous ces objets? On a mis l'horizon fi fort au deffous du Tableau, qu'il eft bien difficile de débrouiller les plans fur lefquels ils font. Ignorez-vous, ma fœur, dit le Goût, que c'eft moi qui infpire ces compofitions ingénieufes & extraordinaires? Je le fais, dit- elle; mais

* Par M. Menageot, n°. 159.

vous ne difconviendrez pas que la plus grande partie du Tableau, fur-tout le milieu, eft trifte & vide d'objets intéreffans : Daniel eft prefque feul, & les Juges font renvoyés à l'entre-fol ; qu'enfin les groupes de lumières ne s'enchaînent point les uns aux autres, & font écartés aux deux coins du Tableau. Je conviens qu'il eft peint avec goût, deffiné avec fierté, quoique les contours en foient quelquefois chargés, & maniérés, tellement, que je nommerois ce caractère de deffin, une manière plutôt groffe que grande. Le groupe des vieillards eft beau, plein de chaleur ; cependant je crois les hanches de l'homme qui les faifit, un peu larges ; & je ne faurois vous expliquer ce que je fouhaiterois aux jambes, mais il me femble que le contour n'a pas la vraie forme qu'il doit prendre, la Figure étant vue en deſſous.

Le groupe de Suſanne, continua-t-elle, eſt un peu blaffard par la quantité d'objets blancs qui y ſont accumulés : d'ailleurs, la tête de la Suſanne me ſatisfait peu, elle eſt d'un coloris blanc & fade : j'aurois auſſi deſiré que l'homme qui écrit & le tapis euſſent été préſentés au jour, de manière à recevoir plus de lumière ; cela eût produit une chaîne lumineuſe, qui auroit lié davantage Daniel avec les autres groupes.

Elle eût peut-être continué, ſi le Dieu du Goût ne lui eût lancé un regard ſévère. Convenez-vous, lui dit-il, que ce morceau eſt propre à faire un grand effet, en quelque lieu qu'il ſoit placé ; qu'il annonce un Artiste d'un vrai talent? Oui, répondit-elle, & je ne demande plus qu'un mot sur la perspective. Vous ne pouvez pas me contester que l'horizon étant si bas, les marches & tout étant si précipité, il faudroit que le dessous de l'arcade le fût beaucoup davantage, & que le trait des marches fût perpendiculaire.

Cette contestation devenoit sérieuse; &, pour la terminer, nous passâmes promptement au Tableau du Siège de Calais *. Le Goût parut d'abord satisfait, mais d'une manière modérée. La distribution des groupes, dit-il, est ingénieuse : il y a de l'effet. Oui, dit la Critique; mais me blâmerez-vous, si j'ose dire qu'il y a de l'embarras,

---

* Par M. Berthelemy, n°. 167.

des lumières disperfées de toutes
parts, & étroites? Chaque chofe a
une valeur égale. De plus il règne
dans l'effet général de ce Tableau
un ton verdâtre , qui le dépare
au premier coup d'œil , foit parce
qu'on y a trop multiplié les objets
de cette couleur , tapis vert, dou-
blure de la tente verte , cuiraffes
verdâtres, ce qui n'eft pas tout-à-
fait la vraie couleur du fer. Je ne
m'arrête pas à remarquer que le
coloris de la figure de la Reine eft
un peu fardé ; il eft agréable, & je
le paffe. Ce que je defire, c'eft que
l'Artifte trouve le moyen d'élargir
& de lier davantage fes lumières,
entr'autres celles des groupes
d'Euftache & de la Reine ; je fouhaiterois que le genou de la femme qui la foutient, fût & plus
éclairé, & d'une couleur d'étoffe
moins obfcure ; la lumière qui

frappe fur la figure du vieillard, en
paroîtroit moins étroite & moins
parallèle.

Il y a des vues utiles dans ce
que vous dites, repliqua le Dieu
du Goût : l'Artiste en peut tirer ce
qu'il en fentira de vrai ; mais il
n'en eft pas moins certain que c'eft
un bon ouvrage.

Il fe rencontra là un Tableau de
M. Robert. Paffons outre, dit le
Dieu du Goût ; nous y revien-
drons, en traitant des divers Ouvrages de ce Maître ; ils font ici
en affez grande quantité : & nous
continuâmes notre examen par le
Tableau repréfentant la piété de
Cléobis & Biton, qui conduifent
leur mère au Temple*.

Le Dieu du Goût annonça à fa
Sœur que cet Artiste étoit un de

----

* Par M. Durameau, n°. 35.

ceux qu'il affectionnoit le plus ;
qu'elle ne pouvoit pas ignorer qu'il
avoit déja prouvé qu'il étoit Peintre, homme de génie, & rempli
de cette chaleur qui fait les grands
Artiftes ; la Critique lui répondit
avec dignité : Je fais combien vous
l'aimez ; & c'eft une marque affu-
rée d'un mérite diftingué , que d'a-
voir fait la conquête du Dieu du
Goût : comme vous j'y applaudis ;
auffi ne hafarderai-je prefque au-
cunes réflexions fur fes talens ,
comme Peintre : il l'eft fans con-
tredit ; mais ne me permettrez-
vous pas d'obferver que Cléobis
& Biton doivent être vêtus comme des jeunes gens de bonne fa-
mille, & non pas le corps nu comme des gens du Peuple qu'on auroit
loués fur la Place publique ? Le Tableau eft bien peint, largement &

chaudement exécuté , bien compofé même , fi vous voulez , quoique la compofition en foit ren-
voyée aux deux coins du Tableau.
J'accorde de plus que le groupe
du grand Prêtre eft très-ingénieux ;
mais ne trouvez-vous pas que la
femme eft bien longue , fur-tout
vers l'emmanchement des cuiffes
avec le corps ? Enfin vous m'a-
vouerez que les colonnes n'ont
pas la vigueur néceffaire , & qu'elles tiennent fur leur fond , qui lui-
même tient fur le ciel. Eh quoi !
l'on n'ofe hafarder à chaque objet fa couleur propre & fa vigueur naturelle ! Auffitôt qu'on
a traité fes deux groupes princi-
paux, on croit que tout eft fait,
qu'on peut facrifier le refte , & le
fuppofer dans un brouillard def-
tructif qui le réduit à rien ! Je ne
relève

relève cet oubli , que parce qu'il
peut être contagieux , se trouvant
dans l'ouvrage d'un habile homme
reconnu pour tel.

Le Dieu parut étonné de la vo-
lubilité avec laquelle la Critique
s'étoit expliquée ; néanmoins il lui
dit avec douceur : Eh ! ma chère
Sœur , ne nous brouillons pas à
l'occasion d'un Artiste , pour qui
tous deux nous avons la plus haute
estime.

* Mais, ma Sœur, voici un autre
Tableau de lui , je vous laisse toute liberté, exercez votre cruauté.
Que nous direz-vous de ce combat
d'Entelle & de Darès ? Vous con-
noîtrez que je suis juste répondit-
elle; ce sujet difficile à traiter, est
parfaitement bien composé, & il

* No. 34.

B

n'eſt guère poſſible de montrer plus
de génie ; le caractère de deſſin
eſt grand & reſſenti : le pinceau
large & facile ; enfin, il y a une
chaleur d'exécution digne des plus
grands éloges ; cependant je crois
que vous ne me nierez pas qu'il y
règne une couleur rouge, générale,
dominante & trop continue. Je ſais
que ce défaut que je ne regarde
pas comme un grand mal eſt peut-
être rendu plus ſenſible par l'oppo-
ſition des Tableaux qui l'entourent ; mais voilà le reproche qu'au
premier coup d'œil le Public pour-
ra lui faire.

Vous ſouffrez , mon frère ,
ajouta-t-elle ; mais ſoyez aſſuré
que je ſuis autant ſon amie que
vous : à la vérité , je ſuis plus difficile à l'égard de mes amis , que
je ne le ſuis pour les autres ; c'eſt

pourquoi je continue. Qu'eſt-ce que ce fond tout vaporeux, & qui n'a plus aucune couleur ? Pourquoi ces montagnes ſe confondent-elles avec le ciel ? N'avons-nous pas toujours vu que ces objets prennent un parti décidé ſur ceux qui leur ſervent de fond ? Quelle eſt cette funeſte timidité qui fait que l'on n'oſe pas ſuivre la marche qu'on apperçoit tous les jours dans la nature ? Et pourquoi les plus habiles gens, ceux qui ſont faits pour enſeigner aux autres, ne donnent-ils pas l'exemple du courage néceſſaire pour la rendre telle qu'elle eſt ? Je finis en vous priant, puiſque vous aimez cet Artiſte, & que vous le dirigez dans ſes travaux, de l'avertir qu'il y a une ombre trop noire dans la figure de Darès, à l'endroit des fauſſes côtes, & qu'il y a quelque équivoque, foit par l'effet de la lumière, foit par l'ajuftement de la draperie, qui fait que, dans la figure d'Enée, on a peine à deviner fi c'eft la cuiffe droite ou la gauche qui vient en avant. A ces mots, le Dieu du Goût fe jeta entre mes bras, & me dit: vous voyez comme elle traite un de mes meilleurs amis. Je fis ce que je pus pour le remettre ; les femmes font cruellement exigean-tes, lui dis-je, mais fouvent on fe trouve bien de fuivre leurs con-feils.

Le Tableau qui fuivoit parvint à nous diftraire. Il repréfente Ca-lanus *, Philofophe Indien, qui monte volontairement fur un bû-cher. Le Goût convint que ce Ta-

* Par M. Beaufort, n°. 109.

bleau étoit méritant; qu'il paroiſſoit même y avoir des choſes de
détail bien exécutées, qui nous y
auroient attachés, ſi nous les euſſions vus de plus près; il annonçoit de la force dans le coloris.
Ces deux jeunes perſonnages,
apparemment du nombre de ceux
qui ſervoient dans les ſacrifices,
nous parurent bien rendus; l'a figure debout, que le Livret nous
apprit être un Officier d'Alexan-
dre, leur ſembla un peu froide,
& n'être pas heureuſement enveloppée dans ſa draperie qui la bri-
de trop; ils auroient deſiré qu'elle
fût moins parallèle avec la figure
du jeune homme, & ſur-tout que
quelque objet éclairé les eût liés
davantage enſemble : au reſte ils
convinrent qu'on pourroit appeler
de ce jugement, ſi l'on voyoit ce
Tableau de plus près.   B iij

*Ils se plaignirent également de la trop grande hauteur où l'on avoit placé le Tableau, dont le sujet est Régulus qui quitte Rome pour aller se livrer au supplice à Carthage. L'ordonnance de ce Tableau leur parut noble, ingénieusement pensée, & exécutée d'une manière grande & très-sage : l'intelligence des effets de la lumière vraie & savante, suite d'une connoissance très-peu commune des vrais effets de la nature. Il règne un repos satisfaisant dans cette grande & magnifique composition : on y remarque de beaux caractères de tête, des expressions touchantes. Le couple Divin en fit de grands éloges : cependant, d'un commun accord, ils dirent qu'ils auroient

---

* Par M. l'Epicier, n°. 26.

desiré en général plus de vigueur
dans ce Tableau, afin que les
maffes de lumière reftant grandes
& larges comme elles le font,
elles euffent néanmoins pu conte-
nir des détails foutenus de demi-
teintes plus colorées, ce qui auroit
pu fe faire fans troubler l'effet, fi
les ombres avoient eu plus de force. Il eft vrai, ajoutèrent-ils, que
le temps en bruniffant ces ombres,
donnera à ce Tableau une partie
de l'effet que nous y defirons, &
qu'il ne peut que s'améliorer;
mais les demi-teintes acquer-
ront-elles autant que les ombres?
Après avoir relevé les beautés de
ce Tableau, les diverfes expref-
fions qu'il préfente, le jeu agréable
des groupes, & la nobleffe des
ajuftemens ingénieufement & fim-
plement drapés, ils fe réduifirent

à la fin à defirer que les deux Figures Africaines qui font debout,
euffent plus de vigueur dans le
haut, & en lumière & en ombre,
pour fortir mieux de deffus leur
fond, ce qui pourroit en même
temps procurer l'avantage d'étein-
dre un peu la montagne qui eft
derrière : en effet, foit à caufe des
oppofitions, foit que le bas de ces
Figures ait plus de vigueur, il eft
certain qu'il vient plus en avant
que le haut. X

* Ce Tableau nous conduifoit
à celui intitulé : Fermeté de Jubellius Taurea ; action atroce, &
qui peut-être n'étoit guère digne
d'être confervée à la poftérité.
Quelqu'affection que j'aie pour
cet Artifte, dit la Critique, je

---

* Par M. Lagrenée le jeune, n°. 36.

trouve ce Tableau bien gris & de bien peu d'effet ; je n'y vois point de maſſes d'ombres qui puiſſent fournir quelque vigueur. Le groupe de la droite tient abſolument ſur le groupe du Conſul ; d'ailleurs, je ne ſuis pas contente de la correction du deſſin ; cette femme a de gros bras, & eſt d'une proportion trop forte, auſſi bien que les enfans. J'obſerve encore que le plan avancé ſur lequel eſt Jubellius Taurea, ne lui permet pas d'adreſſer la parole au Conſul, qui eſt aſſez loin derrière lui.

Ma ſœur, répliqua le Dieu du Goût, je ſuis aſſuré de vous reconcilier avec cet Artiſte. Il eſt moins heureux dans le grand, mais nous avons ici en bas de petits Tableaux, où vous ferez obligée de garder le ſilence : c'eſt où je vous attends.

Je craignois que ces contesta-
tions ne s'animassent, & n'arri-
vassent jusqu'à brouiller le frère &
la sœur. Je fus surpris & enchanté
de les voir se sourire l'un à l'autre au Tableau de la naissance de
la Vierge *. Voilà, dit le Dieu du
Goût, un Tableau composé na-
turellement & sagement ! une intelligence de lumière raisonnée ;
une couleur argentine vraie &
tranquille ; une exécution soignée,
nette, & d'un beau pinceau ! Je
ne voyois qu'une partie de ces
choses, à cause de l'éloignement ;
mais le couple Divin connoissoit
ce Tableau avant qu'il fût placé
en ce lieu. La Critique avoit quelque penchant à porter son examen sévère sur une ou deux têtes ;

---

* Par M. Suvée, n°. 186.

mais fe retenant : ce n'eft pas la peine , dit - elle , de rifquer une difpute pour fi peu de chofe. Pour moi , quoique je n'euffe de con- noiffances que celles que ces Di- vinités m'en donnoient , je goû- tois néanmoins une douce fatis- faction en regardant cet Ouvrage. Il me fembloit que c'étoit un vé- ritable fait qui fe paffoit devant mes yeux ; je jugeois facilement des efpaces qui étoient entre les Figures ; chaque chofe me paroif- foit à fa place, & d'un coloris vrai.

Lorfque nous vînmes au Ta- bleau de la pefte de David *, je vis que le Goût l'approuvoit fort ; qu'il y trouvoit beaucoup de gé- nie , de la châleur & de l'effet. Point de querelle , lui dit la Cri-

---

* Par M. Menageot, n°. 160.

tique, je n'aurois à vous dire que
ce que j'ai déja dit fur le Tableau
de la juftification de Sufanne : ob-
fervons feulement que ces deux
compofitiöns fe reffemblent beaucoup, quant aux maffes générales ;
un groupe clair à droite, un groupe clair à gauche, & tout le refte
facrifié. Si vous me dites que c'eft
parce que ces Tableaux fe font
pendans, je ne prendrai cette raifon que pour ce qu'elle vaut ; je
n'aimerois pas qu'un Artifte n'eût
qu'un feul genre de diftribution
dans fes compofitions : d'ailleurs,
pourquoi toute cette obfcurité ?
Le fujet eft trifte, j'en demeure
d'accord ; mais la fcène la plus
cruelle & la plus attendriffante,
peut fe paffer à la lumière du jour
le plus brillant. L'Ange extermi-
nateur, direz-vous, eft fur un

nuage obfcur. Je réponds que rien n'eft plus raifonnable ; mais qu'il n'étoit pas abfolument néceffaire qu'il portât ombre fur toutes ces Figures ; que du moins pouvoit-on ne pas prolonger ce nuage jufqu'à l'horizon, & par ce moyen trouver de la lumière derrière ces Figures, & qu'elle auroit fervi à les détacher de deffus le fond.

Mais ne convenez-vous pas, dit le Goût, que cet Artifte eft né Peintre, & qu'il pofsède de grandes parties dans fon Art ? Oui, fans doute, dit-elle, mais je veux l'avertir qu'il châtie fon deffin, afin qu'il arrive où un génie tendant au grand, & des études fuivies doivent le conduire.

* Il nous reftoit, pour achever

_____

* Par M. Suvée, n°. 185.

cette ligne, le Tableau de la Nati-
vité ou de l'adoration des Anges ;
mais nous convînmes que quoiqu'affurés qu'il y avoit des beautés
d'exécution, & des chofes très-
ingénieufes quant à l'intelligence
de la lumière, foit dans la partie
lumineufe, foit dans celle qui n'eft
éclairée que d'une lanterne, néanmoins un fujet de nuit, placé fi
loin de la vue, ne fournit ni à
l'Eloge, ni à la Critique.

Là, finit notre premier examen.

Je me difpofois à me retirer, &
j'en attendois l'ordre, lorfque le
Dieu du Goût me dit avec dignité : Gardez-vous de conclure de
ce que vous avez entendu, que les
Ouvrages fur lefquels la Critique
a développé fes fentimens, ne
foient pas néanmoins dignes d'ef-
time, fans cela elle ne s'y feroit

pas arrêté ; ainſi, ne diminuez rien de la conſidération que vous devez aux Artiſtes qui les ont produits. La Peinture eſt un Art extrêmement difficile ; il embraſſe une grande quantité de parties, qu'il faudroit réunir pour échapper à la Critique. Auſſi ne doit-elle pas avoir pour but de déprimer l'Artiſte, mais de l'avertir. Je vous obſerverai encore que ſi nous euſſions eu à examiner une galerie de Tableaux de grands Maîtres de l'Italie & de la Flandre, peut-être y aurions-nous trouvé un plus grand nombre de défauts à reprendre, & même de plus conſidérables ; mais auſſi, dit la Critique, y euſſions-nous rencontré de plus grandes beautés. Cela ſe peut, reprit le Goût ; mais, ma ſœur, peut-être a-t-on droit de s'en prendre à vous. Vous avez généralement inspiré votre sévérité. Tous veulent juger, & exigent la réunion de toutes les parties de l'Art dans chaque Artiste. Or, la recherche de cette reunion s'oppose vraisemblablement à ce qu'aucune d'elles ne puisse être portée au degré du sublime.

Les deux Divinités m'ordonnèrent de me trouver le lendemain, à pareille heure, dans ce même lieu. C'est à quoi je ne manquerai pas. Soyez sûr que je serai aussi exact à la promesse que je vous ai faite de vous en rendre compte très-fidellement.

IIe. LETTRE.

LETTRE II.

J'ARRIVAI au Sallon à l'heure désignée, & j'y trouvai déja les Divinités que j'y cherchois. Nous commençâmes notre examen par la gauche, comme nous avions fait la première fois. J'avois pris un peu de hardieſſe, fondé ſur les bontés que j'éprouvois. Je jettai les yeux ſur une Figure académique, qui me parut bien peinte, & je haſardai de le dire : le Dieu du Goût m'approuva. Il ajouta : Ces ſortes de Figures prouvent le talent de l'Artiſte pour le nu, qui eſt ce qu'il y a de plus difficile en peinture ; mais elles intéreſſent peu le Public ; ainſi, paſſons à d'autres choſes.

Au deſſous eſt un payſage de

C

M. Robert. Il me paroît, dis-je ,
que ce Tableau a de la vigueur &
de l'effet : mais dans cet autre du
même Peintre, qui en eſt proche,
il me ſemble que l'architecture, le
terrain, le payſage , tout enfin eſt
de la même teinte & du même
gris. Ma déciſion fut approuvée
d'un ſourire d'approbation.

Je paſſai enſuite à un Tableau
d'un Chriſt en croix * : je n'oſois
parler, quoique je ſentiſſe bien que
ce Tableau ne me faiſoit pas un
certain plaiſir. Le Goût & la Critique ſe regardoient avec un ſilence morne : j'y trouverois bien quelques parties dignes d'éloges, dit
le Goût, mais je vois déja ma
ſœur qui s'apprête à attaquer le
coloris ; que ſeroit-ce ſi elle en

---

* Par M. Lagrenée le jeune, n°. 37.

venoit jufqu'à relever les incor-
rections de deffin ?

Nous paffâmes à un Tableau
allégorique *. Il eft agréablement
compofé, nous dit le Goût, & les
groupes font bien enchaînés; mais
il n'eft guère poffible, vu la peti-
teffe des Figures, d'appercevoir
s'il eft également bien peint &
bien defliné.

Je m'arrêtai à regarder un Tableau à droite, dont le fujet, qui
ne me paroiffoit point agréable,
eft Néron tourmenté par fes re-
mords **. Paffons, nous dit le
Dieu du Goût; fi le fujet eft noir,
le Tableau ne l'eft guère moins.
Regardez plutôt celui à votre gauche, qui repréfente *Cincinnatus*

---

* Par M. Vanloo, n°. 17.
** Par M. Beaufort, n°. 110.

C ij

créé Dictateur *. Cette couleur est vigoureuse & brillante, difoit le Goût avec un air de fatisfaction; cela eft ingénieufement compofé & bien exécuté. Je vis avec plaifir que la Critique foufcrivoit à cette décifion. Elle ajouta cependant, qu'elle auroit defiré que le fond & le Temple fuffent moins obfcurs.

Je regardai enfuite un portrait d'Evêque **. Cela me paroît bien, dis-je; il y a un air de vérité, de la force, & le coloris me femble bon. Vous avez raifon, me dit le Dieu du Goût, il y a du mérite dans ce Tableau. La chère fœur, qui eft un peu cauftique, vouloit dire quelque chofe; mais le Goût

---

* Par M. Brenet, n°. 32.

** Par M. Robin, n°. 146.

lui dit : Laiffons cela ; vous trouverez de l'autre côté un Tableau plus important, fur lequel vous pourrez exercer votre févérité tant qu'il vous plaira. Je vis, au rire malin de la Critique, qu'elle fe propofoit de ne le pas épargner.

Nous avions parcouru cette ligne de Tableaux ; mais il y avoit encore au deffous plufieurs petits morceaux, dont la quantité nous força à les regarder moins attentivement. On voyoit dans cette face plufieurs Portraits de M. Roflin & de M. Dupleffis, dont le Goût fit un éloge très-flatteur. Nous nous arrêtâmes principalement à un Tableau intitulé : le Seigneur indulgent & le Braconnier *.

---

* Par M. Ville le fils, n°. 147.

Le Couple divin regardoit ce morceau, tantôt avec plaifir, tantôt
avec une forte de trifteffe. Quant
à moi, j'en étois enchanté, & j'ad-
mirois cet extrême fini qui me
paroiffoit en faire un ouvrage
très-précieux. On ne peut nier,
dit le Goût, qu'il y a de très-bon-
nes chofes ; que plufieurs têtes
font rendues avec verité & même
avec grace, & fur-tout avec expreffion. De plus, cette expreffion
eft jointe à des caractères de têtes
affez beaux, & qui ont de la nobleffe ; mais, outre que je ne faurois goûter ce fini exceffif & dou-
cereux, le *faire* en eft rond & mou
à un point qui en ôte tout efprit.
Le pinceau, à force d'être fondu,
en eft devenu pefant. C'eft bien
dommage ; car il y a beaucoup de
mérite dans cet ouvrage, & il eft

déparé par cette malheureuse manière.

Concevez-vous, disoit la bonne
sœur qui venoit à l'appui, cette
manie, qui cependant n'est pas
chez lui seul, & que vous verrez
dans quantité d'ouvrages ici exposés ? Concevez-vous pourquoi
l'on sacrifie tout pour faire briller
une seule Figure ? Cela va jusqu'au
point que cet objet trop brillant
fait tache dans le Tableau. Pourquoi tout ce groupe du Braconnier & de ceux qui l'entourent,
est-il enseveli dans un ton brun
olivâtre, tellement que toutes les
figures de ce coin semblent vê-
tues de la même couleur ? Pourquoi toutes ces étoffes n'offrent-
elles que des plis incertains ? Ce
Seigneur & son épouse ont-ils un
privilège exclusif pour recevoir

ſeuls la lumière du jour ? Enfin, pourriez-vous m'expliquer pourquoi ce même Artiſte qui a touché avec tant de goût & ſi fièrement cette tête d'un Juif Polonois *, & le Tableau d'une jeune Dame liſant une Lettre, que vous verrez dans la ſuite ** ; pourquoi il a abandonné cette manière nette & décidée, conforme à la nature, pour s'appeſantir par un fini mou & ſans formes ? J'en ſuis vraiment affligée ; car je ſens qu'avec un peu de fermeté, il peut facilement devenir un Artiſte diſtingué.

Nous nous conſolâmes par quelques Tableaux de M. Vernet ; & nous vîmes avec la plus grande ſatisfaction pluſieurs Tableaux de

----

* N°. 149.
** N°. 148.

Mademoiselle Vallayer. Ils font peints avec vérité, avec goût & avec facilité. La Critique ne put nous diffimuler combien elle étoit flattée de voir dans ce Sallon des ouvrages d'une perfonne de fon fexe. Elle s'étendit fur l'utilité d'encourager par cet honneur, celles qui ont affez de vertu pour facrifier les plaifirs qui s'offrent de toutes parts dans leur jeune âge, à celui de fe livrer au travail affidu qu'exige l'étude d'Arts auffi difficiles. Elle témoigna le plus vif déplaifir de ne lui voir dans ce lieu aucune compagne ; & cependant, ajouta-t-elle, d'autres encore en font dignes ; &, fi je fais bien compter, il en eft jufqu'à trois que je pourrois citer. . . . Elle s'arrêta, & je n'ofai demander qu'elle s'expliquât plus clai-

rement, car elle parut n'en vou-
loir pas dire davantage.

Nous fûmes attirés par un ouvrage très - intéreſſant, & dont
l'effet général nous parut frap-
pant. Le ſujet eſt un fils repentant,
de retour à la maiſon paternelle *.
L'Artiſte étoit déjà bien connu
par quantité d'ouvrages charmans
qu'on avoit vus aux expoſitions
préédentes. Mais le Goût trouva
que ſon ſéjour à Rome avoit con-
ſidérablement agrandi & ſimplifié
ſa manière ; que ſes caractères de
tête étoient plus nobles & plus
ſûrement deſſinés, ſans cependant
avoir perdu de leur vérité ; qu'il
avoit heureuſement quitté un ton
jaunâtre factice qu'on lui avoit
reproché ci-devant.

_____

* Par M. Aubry, n°. 132.

Enfin, on lui donna beaucoup d'éloges mérités. La Critique y defira feulement quelques bagatelles. Elle remarqua que dans fes draperies, il n'avoit pas tout-à-fait affez obfervé la lueur ou efpèce de luifant qui, dans la nature, fe trouve fur la rondeur des plis ; au moyen de quoi, à quelque diftance, elles paroiffoient plates, fembloient faire tache dans le Tableau, & interrompre la maffe de lumière. Ils obfervoient ce léger inconvénient en plufieurs endroits, & principalement dans l'efpèce de manteau bleuâtre-brun du vieillard, qui, par le défaut de ces lumières, s'enfonce, & femble couper en deux la Figure de la femme qui le foutient. Ils trouvoient pareillement à la culotte de ce même vieillard, que

faute de quelques lumières plus
vives fur la rondeur, les cuiffes
paroiffoient applaties. Au refte,
ils s'accordoient à dire qu'en fom-
me c'étoit un excellent Tableau.

En confidérant les fujets des
deux Tableaux dont je viens de
parler, je ne pus m'empêcher de
m'écrier : C'eft bien dommage que
nous n'ayons pas ici, entre deux,
quelqu'excellent Tableau du cé-
lèbre M. Greufe !

Il ne s'expofe plus en ce lieu,
me répondit la Critique, & cette
politique n'eft pas mal-adroite ;
par-là, il a échappé pendant long-
temps à mes traits. En faifant voir
fes ouvrages chez foi, on peut les
accompagner d'un petit exorde,
qui difpofe favorablement le Spectateur bénévole. Cette conduite
lui a fauvé ce que j'aurois pu dire

fur fon coloris actuel, fur fa manière de rendre les linges, les
étoffes, &c. &c. Mais j'ai été le
rechercher dans les Eftampes gra-
vées d'après lui. Là, j'ai pu traiter
de la compofition, du clair-obfcur,
&, à bien des égards, de la correction du deffin ; & je me flatte
de lui avoir dit quelques vérités
dont il peut faire fon profit, en
rabattant néanmoins certains traits
d'humeur qui font échappés à celui qui m'a prêté fa plume.

Nous en étions venus aux Tableaux de la grande face du Sallon. Le Goût étoit occupé à regarder avec attention un Tableau
d'Agrippine qui débarque à Brin-
des, portant l'urne de Germani-
cus fon époux *. Il paroiffoit

---

* Par M. Renou, n°. 76.

furpris & extrêmement fatisfait.
Vous y feriez-vous attendu , dit-il
à fa fœur? Cet Artifte peut défor-
mais prendre rang dans la claffe
des bons Peintres de fon fiècle.
Cette compofition eft fage & noble ; le fujet eft bien rendu , &
l'harmonie générale du Tableau
eft fatisfaifante. La tête d'Agrippine a de la beauté ; les autres
font intéreffantes & expreffives;
la fcène eft belle & riche dans fon
peu d'efpace. J'aime beaucoup le
foin & la vérité avec lefquels
font rendues les Fabriques d'Architecture qui fervent de fond ;
rien n'y eft perdu , & tout eft à fa
place. La Critique applaudiffoit à
ce que difoit le Goût : cependant ,
ajouta-t-elle , comme je ne veux
point perdre mes droits , je dirai
que j'y defirerois que le haut de

la Figure agenouillée à droite, reçût un plus vif éclat de lumière, car le genou qui eſt en bas ſemble bien plus en avant que la tête. Je voudrois auſſi que cette lumière en devenant plus brillante, devînt auſſi d'un coloris moins rouge : enfin, je ſouhaiterois que le groupe de Rameurs ſur le devant, fût peint d'une manière un peu moins propre & plus libre.

J'admirai enſuite un grand Tableau de M. Vernet, qui repréſente un clair de lune. Il me parut d'une grande vérité & d'un bel effet. Je regardois cependant ſi la Critique n'avoit rien à dire. Oh! me dit-elle, je ne m'y joue pas, j'aurois une belle querelle avec mon frère ; c'eſt ſon favori.

Nous paſſâmes au Tableau *

---

* Par M. Brenet, n°. 31.

de Metellus fauvé par fon fils.
Voilà de la couleur , & de la plus
fière , s'écria le Dieu du Goût ;
voilà une exécution brillante &
hardie , & les couleurs propres
des objets employées dans tout
leur éclat. Ce Tableau fait vraiment un grand effet, & l'emporte
fur fes voifins. Peut-être auffi , dit
la Critique, en fait-il trop ; peut-
être cet effet eft-il un peu forcé :
j'y applaudis ainfi que vous, mais
avec quelque réticence. Que dites-vous, ma fœur, de la compofition ? Ne la trouvez - vous pas
ingénieufe ? Le groupe de Metellus eft bien imaginé. Mais , dit-
elle , êtes - vous auffi content de
celui d'Octave ? N'y trouveriez-
vous pas quelque froideur ? Et ne
vous femble-t-il pas que dans une
action auffi intéreffante, il eût été

à fouhaiter que les Officiers d'Octave fe fuffent approchés avec
plus d'ardeur, & fuffent, en quelque forte, plus amoncelés, pour
voir & prendre part à cette fcène
attendriffante ?

J'aurois defiré auffi que ce groupe eût reçu une lumière plus vive,
& fur-tout le haut des Figures ; la
jambe d'Octave eft plus éclairée
que la tête : la lumière femble en-
tiérement réfervée pour le groupe
de Métellus. J'aurois affez volontiers renoncé à celle qui éclate
fur le dos de ce Soldat à gauche,
qui d'ailleurs n'eft pas correcte-
ment deffiné, ni fort heureufement
ajufté. J'aurois fouhaité de voir
réunir une grande & large maffe
de lumière fur Octave & fur ceux
qui l'entourent. Je propoferois
même, pour la lier davantage,

d'ajouter quelque draperie à la droite de ce Sénateur blanc qui eft près d'Octave, afin d'empêcher de defcendre jufqu'en bas l'ombre de la colonne qui divife la lumière de ce groupe : auffi-bien en pourroit-il réfulter qu'on verroit moins fon ventre, que fa draperie défigne trop & peu agréablement. Enfin, j'obferverai encore que la plupart des têtes font d'un caractère commun : elles font vraies & bien peintes, chofe affez rare dans la plupart des Tableaux qu'on voit ici, mais elles femblent les portraits de gens du peuple ; néanmoins c'eft un des plus excellens Tableaux de cette expofition.

Je voulus auffi placer mon mot ; la manie de critiquer fe gagne promptement. Il me femble, dis-je, que le vieillard n'a pas affez de derriere de tête, & que le corps de Métellus le fils eft trop long pour fes jambes. La Critique me regarda avec un air d'approbation. Il eft facile d'y remédier, me dit-elle ; il ne s'agit que d'annoncer le nombril plus haut, & de relever davantage la ceinture & le genou gauche.

Nous fûmes appelés par la force du coloris du portrait de M. le Comte d'Artois *. Il nous parut bien agencé ; la tête nous fembla d'un coloris frais : en général il eft bien peint, & fait beaucoup d'effet. La Critique cependant prétendit que fi la jambe gauche étoit plus tendue & le genou moins en dedans, la figure en

---

* Par M. Callet, n°. 165.

paroîtroit plus ferme fur fes jambes.

La vigueur des Tableaux que nous venions de voir n'étoit pas propre à donner de l'éclat au Tableau repréfentant Popilius en-voyé en ambaffade à Antiochus Epiphanes *. Ce morceau, quoi-qu'avec des beautés de détail, nous parut en général d'un ton foible & gris. On le trouva néan-moins affez ingénieufement dif-pofé, les principales têtes affez belles & nobles. Il y eut quelque difpute entre le dieu du Goût & la Critique, fur les autres têtes qu'elle ne trouvoit pas affez faites, auffi bien que fur la figure du Sol-dat, à qui elle trouvoit que les pieds joints auprès l'un de l'autre, don-

---

* Par M. de Lagrenée l'aîné, n°. 5.

ñoient mauvaife grace. Elle n'approuvoit pas non plus l'agence-
ment de l'efpèce de culotte d'Antiochus, & demandoit ce que fai-
foit là ce Soldat accroupi derriere
Popilius.

Nous regardâmes avec plaifir
un grand Tableau de M. Vernet,
repréfentant le matin ; il fait un
effet étonnant, quant a la diftribution des maffes & de l'enfon-
cement à perte de vue : nous ne
pûmes juger que de cela , car
il étoit placé trop haut , &
nous ne pouvions jouir de la
beauté des détails ; c'eft pourquoi
nous pafsâmes promptement au
Tableau repréfentant Hector qui
détermine Pâris à prendre les
armes *.

A l'afpect de ce morceau, le
Goût & la Critique donnèrent les

* Par M. Vien, n°. 4.

marques les plus fenfibles de furprife & d'admiration. Voilà certainement, dit le premier, le plus
beau Tableau qu'il y ait ici. L'Artifte a-t-il donc trouvé la fontaine
de Jouvence, pour avoir repris
ainfi, non-feulement toute la vigueur de fon meilleur temps, mais
même mieux encore ? La vue des
ouvrages des grands Maîtres femble lui avoir donné une nouvelle
vie. Quelle force de coloris ! quel
effet ! que de vérités & de fineffe
dans le caractère de deffin ! quelle
harmonie enfin dans l'effet général,
& prefque fans manière ! J'avoue
que je fuis enchanté. Voyez ce
charmant groupe de femmes à
droite ; comme tout eft rendu
avec foin & en même temps avec
facilité ! que tout eft bien peint,
& que la figure de Pâris eft belle
& brillante !

La Critique applaudiſſoit à tous ces éloges, lorſque le Goût s'aviſa de lui dire : Eh bien, ma ſœur, vous voilà forcée de reſter muette ! Mon frère, répondit-elle, il ne faut jamais défier perſonne ; je n'aime point à tourmenter des Artiſtes auſſi diſtingués ; mais enfin il n'exiſte dans ce monde aucun oùvrage parfait à tous égards. Eh! que pourriez-vous donc y trouver à reprendre, dit le Goût d'un air piqué ?

Je ne puis, dit-elle, l'attaquer ſur ce qui conſtitue vraiment les talens de Peintre ; & ſi j'en dis quelque choſe, ce ſera plutôt pour la conſolation des autres Artiſtes que tant de gloire pourroit trop humilier, que pour ce que j'aie fort à cœur les bagatelles que j'oſerai y reprendre.

Dabord je defirerois plus de lumière fur cette efpèce de rempart qui fait fond aux figures ; elles en fortiroient mieux , & les colonnes auffi. Je n'aime pas non plus à cette femme, dans le coin à droite, les deux jambes qui fe fuivent parallèlement. Mais laiffons ces misères, j'ai des chofes plus férieufes à obferver.

Quoique le deffin en foit favant , correct,& plein de détails rendus avec fineffe , je trouve néanmoins qu'en général il manque de grace, & d'une certaine foupleffe agréable , foit dans la tournure & les enfembles des figures , foit dans les formes générales des membres. La figure d'Hector n'a ni la taille, ni l'élégance d'un Héros dont on a raconté tant de merveilles. Le caractère

ractère de fa tête, foit par la pe-
titeffe du nez, foit par d'autres
défauts de choix dans les formes,
manque d'une certaine nobleffe.
Il en eft de même de Pâris; je n'y
trouve point cette figure intéreffante, ni cette taille & ces graces
capables de tourner la tête à la
plus belle femme & la plus re-
cherchée de fon fiècle; enfin, je
ne vois point le beau Pâris, &
aucune femme, en voyant cette
Figure, ne s'avifera de defirer un
amant fait fur ce modèle.

Je conviens qu'il eft très-diffi-
cile de remplir l'idée que chacun
fe forme à fon gré de ces fortes
de Figures; mais je ne le crois pas
impoffible. Lorfqu'on voit un jeune homme d'une véritable beauté, toutes les femmes, quoique
fans le defirer, fe réuniffent d'une

D

voix unanime à le trouver tel.

De plus, que fignifie cette attitude qui le tient les bras croifés? Je conviens qu'elle peut défigner la pareffe ; mais elle n'indique point un homme qui balance & eft prêt à fe déterminer. On pourroit être tenté d'en conclure que tout ce que lui dit Hector ne le touche point du tout : & ce n'eft pas, je crois, ce que l'Artifte a voulu faire entendre. Vous fouffrez, mon frère, mais vous l'avez voulu. Au refte, ne vous irritez point ; je conviens avec vous que la quantité de beautés que renferme ce Tableau, paie furabondamment pour le peu de défauts qu'on y peut trouver.

Nous étions affez difpofés à fuivre notre examen, en continuant de voir les Tableaux placés

à cette hauteur ; mais j'en fus em-
pêché par la foule. Mes compa-
gnons étoient invifibles ; mais,
moi, je n'étois pas impalpable :
c'eſt pourquoi ils eurent la com-
plaiſance de revenir vers l'eſca-
lier, où l'on étoit moins preſſé.

Là, nous entrevîmes un Tableau d'une Nymphe qui enivre
l'Amour *. Voilà de belles couleurs, m'écriai-je. Oui, me dit la
Critique ; mais non pas une belle
couleur. Nous vîmes enſuite un
Tableau bien jaune de M. Lou-
therbourg ; mais nous ne nous y
arrêtâmes pas.

Au deſſous, en bas, eſt une
tête de vieillard **, très-belle &
piquante d'effet, qui fait voir que

---

* Par M. Doyen, n°. 19.

** Par M. Wille le fils, n°. 149.

D ij

l'Artiste ne fuit pas toujours le fyftême trifte & obfcur qu'on peut reprocher à quelques-uns de fes Tableaux. Cependant on en voit encore ici quelque nuance; la main n'eft pas affez éclairée.

Prefque tout le bas de cette face du Sallon eft décoré de petits Tableaux de MM. Lagrenée l'aîné & le jeune. Le Public s'empref- foit à les voir; beaucoup les ad- miroient : cependant je ne voyois pas à mes conducteurs cette fatis- faction que je penfois qu'ils de- voient marquer. Le Goût difoit, en regardant les ouvrages de l'aî- né : Cela eft bien; mais j'ai vu de cet Artifte tant de Tableaux fu- périeurs à ceux-ci, que je ne puis cette fois applaudir comme je le defirerois. Je ne trouve pas, di- foit la Critique, ce rendu & cet

arrondiffement que j'étois accou-
tumée à voir dans fes chairs. J'y
rencontre quelquefois des féche-
reffes, des oppofitions tranchées
qui détruifent l'harmonie ; & regardant plus particulièrement les
deux grands *, qui repréfentent
les Graces & les Amours : j'aime
peu, dit-elle, ces grandes & lon-
gues femmes blanches, fur des
fonds d'une couleur violente, &
qui produit des ombres fi noires.
D'ailleurs, j'ai beau chercher &
dans ces Tableaux, & dans les
autres, je n'y trouve prefque
aucune tête de femme qui foit
belle, ou du moins jolie. Il eft cependant dans cette quantité quelques Tableaux dont l'accord eft
moins dur, & dont la compofi-

---

* N°. 8 & n°. 9.

D iij

tion a des graces. Je citerois, entr'autres, celui de Mithridate amoureux de Stratonice, qui eſt agréable à tous égards.

Le Goût s'écria, en voyant ceux de M. Lagrenée le jeune : Vous ne direz pas qu'ici il n'y a pas de génie ni d'effet ? Non, ſans doute, répondit-elle ; mais il n'y a que cela. Quoi ! pas une tête, pas une main, pas un pied qui ſoient deſſinés & rendus avec quelque juſteſſe & quelque ſoin ! La négligence dans ſes ouvrages, eſt le défaut que je paſſe le moins à un Artiſte ; j'excuſerois plutôt l'ignorance. Se figure-t-on que cet Art ſoit ſi facile, qu'on puiſſe produire de belles choſes ſans s'y donner aucun ſoin ? Ce ſeroit le priſer peu, & moins encore ceux à qui ces Tableaux peuvent être

deſtinés. Je vois ici des compoſi-
tions ingénieuſes, des effets pi-
quans, une couleur vive & décidée qui m'appelle; & ſi je m'ap-
proche, je ne vois tout au plus
que des eſquiſſes preſque infor-
mes, auxquelles on a donné toute
la force de couleur & d'effet d'un
Tableau : on excite mes deſirs,
& on ne les ſatisfait point ; jugez
ſi je puis le pardonner.

Je voulois m'arrêter à pluſieurs
petits Tableaux de M. Bounieu ;
j'y trouvois de l'effet, quoique
cependant ils me paruſſent un peu
noirs. Celui du ſupplice d'une
Veſtale * me ſembloit intéreſſant.
A la bonne heure, me dirent-ils ;
mais n'allez pas regarder le coloris, ni comment cela eſt peint.

---

* N°. 136.

Il y avoit auſſi de petits Tableaux de M. Lépicié. La Critique avoit quelqu'envie de s'y arrêter, mais le Goût ne le lui permit pas. Laiſſez cela, lui dit-il, nous avons mieux à voir de ce même Artiſte.

En regardant dans la ligne au-deſſus, je fixai un Tableau dont la couleur m'appelloit. C'étoit Anacréon & Vénus * ; mais comme j'avois eu peu de ſuccès dans l'éloge que j'avois voulu faire d'un ouvrage dè ce même Peintre, je n'oſois rien dire. Le Goût louoit la figure d'Anacréon. Mais la Vénus, lui dit la Critique, que dites-vous de ſes jambes embarraſſées dans ſa draperie ? Devinez-vous ce que devient la droite ? Puis

---

* Par M. Doyen, n°. 18.

ſe tournant vers moi : Vous qui
aimez les belles couleurs, vous
devez être bien ſatisfait des étoffes
& même des chairs de cette figure : il n'y a point de papier de
la Chine qui en préſente d'auſſi
belles ; il paroît même que l'Auteur a adopté les principes de
clair-obſcur de l'Ecole Chinoiſe,
car ſes chairs ſont tranſparentes
& ſans ombre.

Vers le milieu eſt un Tableau
qu'on a intitulé la Toilette d'une
jeune Mariée *. Ce morceau eſt
bien ; mais après avoir vu le grand
du même Auteur dont nous avons
parlé, il ne pouvoit pas paroître
excellent : la couleur en eſt un
peu maniérée & tire ſur le rouge.
La figure principale a quelque

---

* Par M. Vien, n°. 3.

chofe de roide dans fon attitude
& femble gliffer fur le lit. D'ailleurs, il y a encore à droite
de ces figures qu'on lui a quelquefois reprochées, fans action ,
bridées dans leurs draperies, qu'on
auroit voulu faire naïves, & qui
ne font que niaifes.

Il fe rencontre là auffi quelques
Tableaux de M. le Prince, Payfa-
ges ou autres, qui font très-pi-
quans d'effet, très - vigoureux
de couleur, & d'ailleurs foutenus
d'une touche très-fpirituelle ; du
moins c'eft ce qu'en difoit le
Goût ; mais la Critique n'en pen-
foit pas de même. Ce cliquetis
de touches lui déplaifoit, & elle
s'écrioit : O vérité ! ô nature ! où
êtes-vous ?

Pareillement on y voit plufieurs
Portraits de M. Roflin & de M.

Dupleſſis. La manière du premier
eſt rouge, celle de l'autre eſt
griſe. L'un peint magnifiquement
les habits, l'autre fait ſupérieure-
ment les têtes. La réunion de ces
deux talens modérés l'un par
l'autre, ſeroit le complément de
l'Art ; mais qui peut tout avoir ?

Nous arrivâmes enfin a un Tableau qui repréſente une Halle *.
Cet ouvrage me parut très-précieux. Le Goût étoit occupé à le
regarder avec la plus grande attention ; il ſembloit ne pouvoir
s'en arracher. Aimez-vous la vérité, la nature ? la voilà à tous
égards, me dit-il, & en même
temps elle eſt rendue avec toute
la juſteſſe & l'eſprit qu'on peut
déſirer ; c'eſt le ſeul ici dont la

---

* Par M. Lépicié, n°. 29.

touche tienne de celle qui nous
charme dans l'admirable Téniers.
Regardez tous ces beaux détails,
comme ils font vrais & exécutés
légérement & fpirituellement !
mais fur-tout confidérez l'intelligence du clair-obfcur, & comme
la lumière eft conduite felon les
véritables loix de la nature. Les
perfonnes qui n'ont pas étudié
cette partie de l'Art pourroient
peut-être regarder cette harmonie
comme foible & grife, mais c'eft
la nature; &, malgré toutes les
modes qu'il peut y avoir dans les
Arts, la vérité prendra toujours
le deffus aux yeux de ceux qui
par une étude férieufe ont appris
à la connoître, & de ceux qui
regarderont cet ouvrage fans pré-
vention & fans avoir acquis d'ha-
bitude conventionnelle de juger

de la Peinture. On peut aſſurer que ce Tableau ſera dans tous les temps un morceau précieux.

Après avoir parcouru ce côté, nous reprîmes notre examen de la face latérale par un Tableau de S. Bernard *. Je ſuis aſſez ſatisfait, dit le Goût ; il y a de l'harmonie & un faire de bonne manière ; mais ne nous arrêtons pas à ce morceau, nous en trouverons un meilleur de l'autre côté par le même Artiſte.

Un Tableau d'Herminie * nous parut inférieur aux deux autres du même Peintre, quoiqu'il y eût de bonnes choſes. Il eſt en général gris ; l'Herminie eſt mal enveloppée dans ſa draperie, & le fond eſt du même ton que les devants.

---

* Par M. Bardin, n°. 167.

** Par M. Suvée, n°. 187.

La grande compofition de S.
Pierre crucifié * me frappa d'é-
tonnement. J'ofai dire au Dieu du
Goût que cela me paroiffoit magnifiquement agencé, que j'y trouvois un grand qui me charmoit. Il
me confirma dans ce fentiment, &
je fus fier d'avoir bien jugé, & de
m'être fervi avec fuccès des termes
de l'Art. Il m'expliqua combien
l'enchaînement de ces groupes
étoit ingénieux. La Critique ne
défapprouvoit point nos éloges :
cependant elle n'étoit pas pleine-
ment fatisfaite ; elle trouvoit le
caractère de deffin maniéré &
chargé. Elle obfervoit auffi que le
Vieillard, Prêtre Payen, enve-
loppé d'une étoffe groffe comme
une couverture, n'étoit pas heu-

* Par M. Berthelemy, n°. 161.

reufement drapé ; fur-tout le pli qui fe forme fous le bras ne lui paroiffoit pas naturel : enfin, que les extrémités, comme pieds & mains, étoient groffes & lourdes.

Ils s'arrêtèrent avec plus de complaifance devant le Tableau de l'Aveugle né *. Ils furent enchantés de la vigueur du coloris, de l'exécution foignée & de la beauté des détails de toutes les parties. Cependant la Critique dit qu'elle auroit fouhaité le linge qui entoure les hanches de l'Aveugle, moins blanc, ou même que cette draperie eût été d'une autre étoffe — & d'une autre couleur, afin de ne point attirer fi fortement les regards du Spectateur fur une partie peu intéreffante. Elle defiroit à

---

* Par M. Vincent, n°. 156.

la draperie bleue du Chrift, des
lueurs plus vives fur les rondeurs
des plis, afin que de la diftance
d'où nous étions obligés de voir
ce Tableau, elle ne parût point
plate. Elle ne fut pas contente
de quelques têtes, & principalement de celle d'un vieillard à
droite, vu par le dos; elle la trouvoit mauvaife, & de plus, mal
fur les épaules. Il faut, difoit-elle,
abfolument la refaire; ce feroit
dommage de laiffer ce défagré-
ment dans un auffi bon Tableau:
en effet, depuis plufieurs inftans,
je regardois cette tête fans pouvoir la deviner.

Nous vînmes au Tableau de la
difpute de Sainte Catherine *,
dont le Goût nous avoit dit que

* Par M. Bardin, n°. 166.

nous

nous ferions fatisfaits. En effet, nous le trouvâmes bien peint, de bonne couleur & de bonne manière. Ils remarquèrent plufieurs parties faites en habile homme. La Critique ne voulut pas entrer dans un examen trop févère. Cela eft très-bien, dit-elle, pour un début. Le Goût ajouta : Cet Artifte peut aller plus loin s'il eft encouragé, & vous verrez ici des Deffins qui prouvent du goût & du génie.

Nous reprîmes à notre gauche pour voir la ligne d'en bas, où nous commençâmes par le Tableau de l'inftruction d'une jeune Grecque fortant du bain *. Ils y trouvèrent du génie ; mais n'en furent pas contens à plufieurs autres égards. J'aime mieux, dit le

---

* Par M. Taraval, n°. 51.

E

Goût, les Tableaux du Médecin d'urine & du Chimiste *, qui font à la face opposée du Sallon, & dont nous avons négligé de parler ; ils font plus faits en habile homme.

Nous rencontrâmes plusieurs Tableaux de M. Robert ; quelques-uns assez fièrement colorés, d'autres très-gris.

Enfin, nous arrivâmes au Tableau ordonné par la Ville, qui représente le Roi dans un char de triomphe, & le Corps de Ville **. Je m'attendois à entendre la Critique déployer toute sa véracité. Quelle fut ma surprise, lorsque je la vis touchée d'une commisération dont je ne l'aurois jamais

---

* Nos. 53 & 54.
** Par M. Robin, n°. 145.

foupçonnée! lorfque je l'entendis dire avec amertume : Il y a cependant du mérite, & fur-tout dans le coloris. Ma fœur, lui dit le Dieu, le Public a jugé : vous ne penfez certainement pas à contredire fes décifions ; ainfi, nous ne ferions que les répéter.

Nous paffâmes à un Tableau fort agréable ; mais non pas peutêtre autant qu'il pouvoit l'être. Il repréfente des Dames de la ville buvant du lait *. Il eft rempli de détails charmans. Il eft moins trifte, moins monotone & moins facrifié que celui du Braconnier. Cependant, il l'eft trop encore. Il ne règne pas affez de lumière fur la perfonne debout, vêtue de couleur brune. Les étoffes les

---

* Par M. Wille le fils, n°. 150.

plus obſcures, le noir même, doivent avoir leur maſſe de lumière
diſtinĉte des ombres. Ils trouvèrent auſſi le milieu de la figure
qui tient le pot au lait trop obſcur,
ce qui la fait enfoncer dans le
Tableau. Ils remarquèrent des
touches noires dans les têtes de
femme, qui y paroiſſoient dures;
& ils obſervèrent que la figure
d'homme accoudé ne ſe détache
pas de deſſus ſon fond : néanmoins
ils convenoient que ce morceau
eſt précieux à beaucoup d'égards.

Ils furent beaucoup plus ſatis-
faits du Tableau d'une jeune Dame
liſant une Lettre *. On voyoit
qu'il étoit fait d'après nature ; que
le Peintre avoit oublié tout ſyſ-
tême de convention , & s'étoit

---

* Par M. Wille le fils, n°. 148.

laiffé diriger par elle. Auffi ne balancèrent-ils pas à déclarer qu'ils le regardoient comme un excellent ouvrage. La Critique, quoique fatisfaite, dit que le reflet occafionné par la Lettre lui fembloit un peu trop lumineux; que cependant elle n'ofoit l'affirmer, dans la crainte que ce ne fût une vérité de nature.

Proche de-là eft un Tableau de la rue de l'Hippodrome à Conftantinople *. C'eft un portrait fidèle & bien rendu, non-feulement du lieu, mais auffi des mœurs & des ufages ; ce qui le rend très-intéreffant. D'ailleurs il eft bien exécuté, & préfente par-tout un caractère de vérité dans la couleur & dans les effets de la lumière qui eft extrêmement fatisfaifant.

---

* Par M. Favray, n°. 78.

Nous entrâmes enfuite dans ces efpèces de ruelles qu'on a pratiquées à chaque embrâfure pour y placer la fculpture, mais avec des Tableaux qui lui fervent de fond. Nous y trouvâmes des Tableaux de fleurs par M. Vanfpaendonck. Il eft difficile d'imaginer qu'on puiffe porter plus loin dans ce genre & la vérité de la couleur, & la légéreté de la touche, & la perfection de l'exécution.

Là étoit auffi un Portrait peint fur cuivre en paftel *. Ce Tableau qui d'abord n'appelle pas par ces effets hardis de la Peinture, par ces oppofitions décidées qui charment au premier coup d'œil, n'en eft pas moins un chef-d'œuvre pour l'exécution. Il a un privilège

* Par M. Loir, n°. 133.

particulier & bien peu commun, c'eft que plus on le voit, plus on veut le voir. On ne peut trop louer la fineffe & la jufteffe des détails qui y font fupérieurement rendus.

Nous entrâmes dans l'embrâfure fuivante, mais nous ne pûmes y aller fort avant, à caufe de la foule. Nous y vîmes plufieurs têtes en paftel *. A l'afpect de ces ouvrages, le dieu du Goût témoigna une joie vive. Il y a plus de quarante ans, dit-il, que je vois ici des ouvrages de cet Artifte, toujours couronnés par des fuccès mérités, toujours une couleur hardie & favante, toujours une connoiffance approfondie de ce qui fait l'harmonie d'un Tableau, toujours un faire large & facile, une chaleur

---

* Par M. Chardin, n°. 55.

E iv

d'exécution qu'à peine on a dans la jeuneſſe. Regardez particulièrement cette tête d'un jeune garçon ; connoiſſez - vous quelque Tableau dont la couleur ſoit plus fraîche & plus brillante, dont le faire ſoit plus hardi ?

Nous fûmes ſéparés par la foule ; je perdis le fil de leur diſcours : en les rejoignant, j'entendis quelques mots dont je ne pus comprendre le ſens ni faire d'application. Concevez-vous , diſoit la Critique, comment il arrive qu'un Artiſte eſtimable ne trouve pas un ami aſſez ſincère pour lui dire : Votre réputation eſt faite & méritée, ne vous expoſez plus ici ?

Nous trouvâmes pluſieurs Tableaux charmans de M. le Prince. Je fus extrêmement ſatisfait de voir combien le couple divin en paroiſſoit content. Il n'y trouvoit plus les défauts que la Critique avoit cru devoir reprendre dans ſes payſages, & il en recevoit des éloges ſans reſtriction.

Nous rencontrâmes pluſieurs Tableaux de M. Caſanova ; nous en avions déja vu quelques-uns diſperſés de côté & d'autre qui avoient fait plaiſir à bien des égards ; ceux-ci même n'étoient pas des meilleurs. Cependant il y en avoit un d'une vache, qui étoit très-piquant. Nos divinités n'étoient pas contentes, & cependant avoient peine à réſiſter à la ſéduction. Il n'y a pas un mot de vrai, diſoit l'un, c'eſt un roman en peinture ; la plupart des lumières, ſoit directes, ſoit de reflet, ſont hors de leur place : cependant on feroit tenté de deſirer que la nature fût ainſi faite. Ce roman eſt ſéducteur, ſoit à l'égard de la couleur, ſoit quant aux effets, répondit la Critique, mais il ne me fera point renoncer à mes principes : il n'y a de vraiment beau que ce qui eſt vrai.

Nous arrivâmes juſqu'au fond d'une de ces embraſures où étoient une quantité de Miniatures par M. Hall. Le dieu du Goût étoit charmé ; il y trouvoit une couleur charmante, un faire facile, léger, & plein d'eſprit. Tout cela eſt vrai, dit la Critique, mais n'y donnez point le nom de miniature ; cela n'eſt point aſſez achevé, c'eſt de la gouache faite en habile homme.

* Chemin faiſant, nous avions

---

* Par M. Doyen, nᵒ. 20.

jetté un coup d'œil fur un Tableau
de Bacchantes endormies ; le
Goût ne voulut pas s'y arrêter.
Vous ne m'accuferez pas, dit-il,
d'avoir infpiré cette compofition
ni ce beau choix d'attitudes.

Nous avions regardé beaucoup
de morceaux de Sculpture ; ils
étoient fi près les uns des autres,
que je ne pus retenir le jugement qu'ils en portèrent. Je ne
vous rendrai compte que de ce
que je pourrai m'en rappeler,
en fuivant l'ordre du livret ; mais
malheureufement j'ai perdu beaucoup des détails dans lefquels ils
étoient entrés.

Ils trouvèrent les Buftes de M.
Pajou très-bien modélés, nettement & avec goût ; pareillement
ceux de M. Caffieri leur parurent
très-bien exécutés, & même mo-

delés d'une manière plus large.
Quant à ceux de M. Gois, loin
d'en témoigner quelque fatisfaction , ils en témoignèrent de la
furprife , car ils lui connoiffoient
beaucoup de talent : fes deffins
n'eurent pas plus l'avantage de leur
plaire. Ils convinrent cependant
qu'un Sculpteur n'eft pas obligé
d'être Deffinateur fur le papier ;
que c'eft avec fon ébauchoir &
fon cifeau qu'il deffine ; & que fi
M. Pajou a cet avantage particulier , on n'eft pas en droit de l'exi-
ger des autres.

Lorfqu'ils en vinrent aux Portraits faits par M. Houdon , ils
furent extrêmement fatisfaits des
vérités de nature qu'ils y trouvèrent, du goût facile avec lequel
ils étoient rendus , de la reffem-
blance exacte & frappante qu'ils

préfentent. Ils louèrent auffi beaucoup le petit Bronze de Voltaire ,
quoiqu'ils y trouvaffent des roi-
deurs & des maigreurs dans les
.plis de la draperie.

Les Buftes de M. Boizot leur
parurent avoir du mérite , de la
jufteffe & de la fineffe dans les
reffemblances , fur-tout celui de
Madame Chalgrin qui eft traité
avec grace : cependant ils trouvèrent la manière de modeler trop
propre & sèche.

Une Figure de Gladiateur mou-
rant par M. Julien , s'attira leur
applaudiffement. Ils y remarquèrent, outre un bel enfemble & une
tournure ingénieufe , quantité de
détails vrais, favans , & traités
d'une manière large & moëlleufe ,
des formes d'un grand caractère ;
enfin , ils ne balancèrent point à

décider que c'étoit un excellent morceau.

La Figure de S. Sébastien par M. Dejoux obtint aussi d'eux les plus grands éloges, & ils ajoutèrent qu'on pouvoit fonder les plus grandes espérances sur les talens qu'annonçoit cet Artiste. Ils marquèrent aussi beaucoup de satisfaction des Ouvrages de MM. Monnot, Foucou & Clodion : nous vîmes de ce dernier des Bas-reliefs charmans.

Ils ne négligèrent pas non plus une fort belle Figure d'Othriadès, Lacédémonien, par M. Sergell, Sculpteur Suédois, où ils trouvoient un grand dans la manière, peu commun, & qui annonce une étude approfondie des beautés de l'antiquité.

Les deux Divinités m'avoient

congédié, fans me donner aucun rendez-vous, ce que j'aurois cependant bien defiré ; car il reftoit plufieurs Artiftes qui nous avoient échappé dans la quantité, & dont j'aurois bien voulu favoir le bien & le mal. Mais je n'ofai pas demander cette grace, & crus devoir me contenter des faveurs qu'elles m'avoient faites.

FIN.

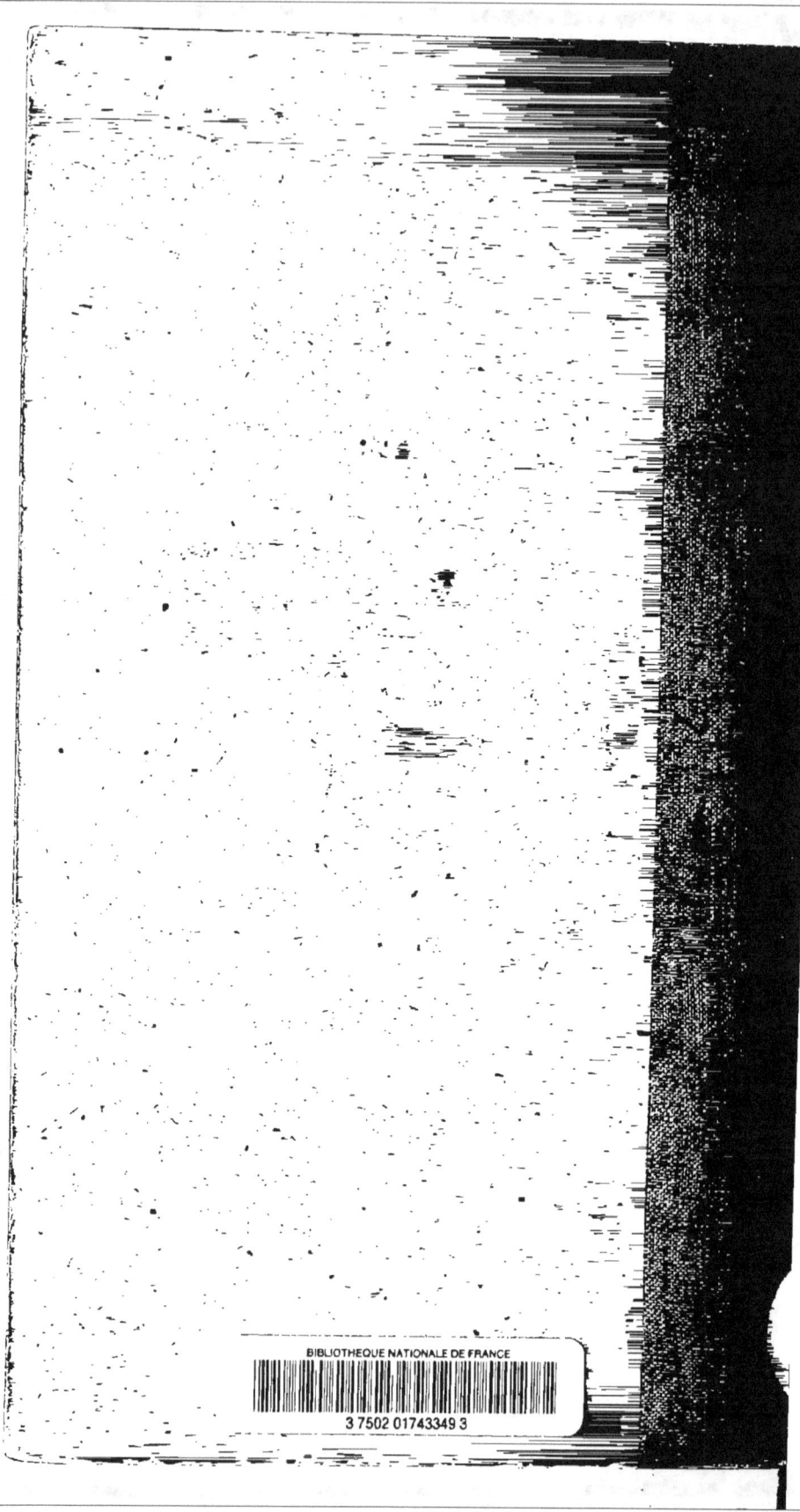

www.ingramcontent.com/pod-product-compliance
Lightning Source LLC
Chambersburg PA
CBHW071116260626
47162CB00006B/2337